지극히 사적인 하루　｜

지극히 사적인 하루

초판 1쇄 발행 2018년 9월 5일
초판 2쇄 발행 2019년 1월 28일

지은이 손수현

발행인 장상진
발행처 (주)경향비피
등록번호 제2012-000228호
등록일자 2012년 7월 2일

주소 서울시 영등포구 양평동 2가 37-1번지 동아프라임밸리 507-508호
전화 1644-5613 | **팩스** 02) 304-5613

ⓒ 손수현

ISBN 978-89-6952-289-4 04810
      978-89-6952-292-4 (SET)

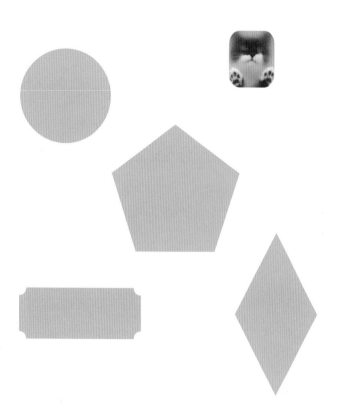

보통의 서른이 겪게 되는
아주 보편적인 날들 속에서
유난히 놓아주고 싶지 않은 순간이 있었다.

오늘이 오늘뿐이라는 사실이 못내 아쉬워
이 밤이 끝나지 않길 바라던 날도 있었다.

그 아쉬움을 다독이기라도 하듯
어느 날 불쑥 나를 위한,
또 누군가를 위한 위로가 되어
다시금 떠오르는 순간들.

나는 이 사적인 하루하루를
사랑하지 않을 수 없다.

contents

|

prologue

|

chapter 1

chapter 4

유난히 다정했던 날들.

그 며칠의 기억이

우리를 몇 번이고
일어서게 한다.

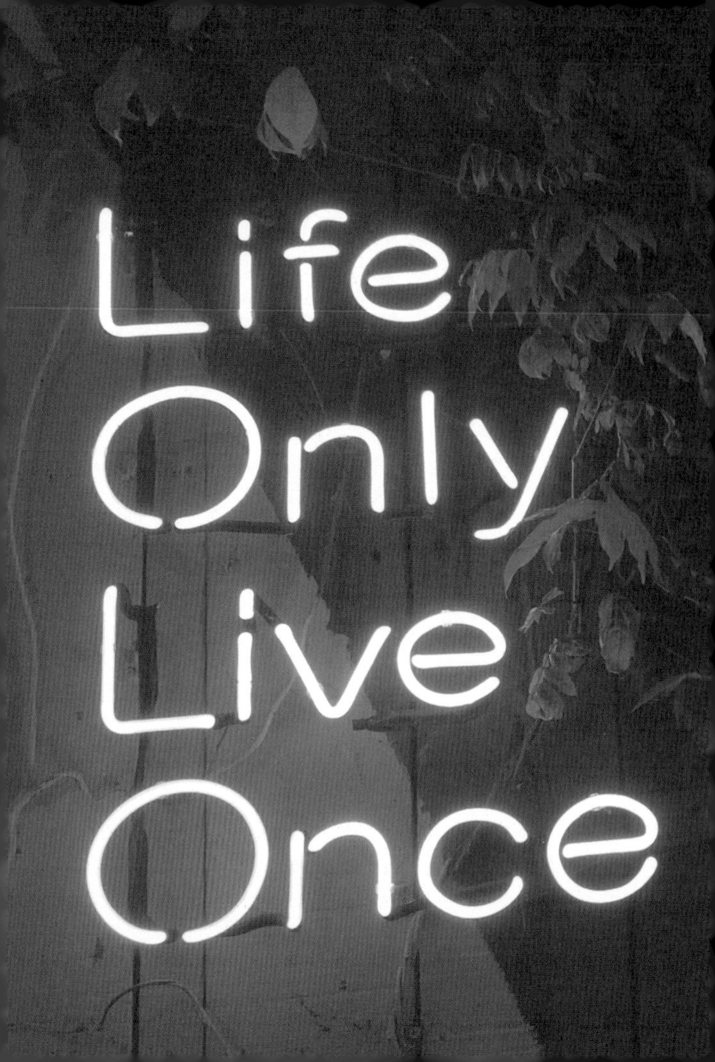
Life
Only
Live
Once

핑계

햇볕이 따스해
망설이던 전화를 걸어보고

빗방울이 내려
미루던 술자리를 만들어보고

바람이 좋아
가보지 않은 길을 걸어본다.

이럴 때면
날씨란 핑계가 있어
얼마나 다행인지.

결심

이달의 마지막 날이 지나간다.

새달은 또다시
이뤄야 할 것들을 등에 업고 올 테지만
이번만큼은 결심에 욕심내지 않는다.

다만
해야 하는 일보다
하고 싶은 일을 적을 땐
볼펜에 조금 더 힘을 주어
정성껏 눌러 쓴다.

우리는 무언가를 이루기 위해서만
살아가는 게 아닐 테니까.

오늘의 고민

오늘 저녁엔 뭘 먹을까.
이번 주말엔 어딜 가볼까.

소중한 사람을 앞에 두고
이런 고민을 주고받을 때면
내게 주어진 생에 감사한다.

고민이라곤
이런 시시한 것들뿐인 오늘이
내일도 모레도 계속되길 빈다.

자존감

쉽게 무너지지 않는 사람들은
그런 게 있더라.

내가 아무리 노력해도
어떤 사람처럼 될 수 없겠지만
그 어떤 사람도
결코, 나처럼 될 수 없을 거라는
단단하고도 튼튼한 마음.

그래, 기죽지 마.
네가 될 수 있는 건
오직 너뿐이니까.

응원 같은 밤

나 자신이 몹시도 미웠던 날.

내 자책의 말을
잠자코 듣고 있던 친구가
나지막한 목소리로 말했다.

"널 아끼는 사람들이
이 말을 들으면 얼마나 서운할까."

수년이 지났지만, 생생히 떠오르는 밤.
나보다도 나를 더 아끼는 그 마음을
헛되이 만들지 말자 다짐했던 밤.

그 밤이 있어 수많은 밤을 지나왔다.
그보다 더 많은 밤을 이겨내리란 것을 안다.

마지막 손님

어두컴컴한 시장 골목.

모든 가게의 불이 꺼졌지만
돗자리 위에 차린 자그마한 가게는
밤늦도록 문을 닫지 못한다.

허리가 굽은 할머니는
팔리지 못한 채소들을 연신 매만지고
술에 취한 한 중년 남자는
그 옆에 쪼그리고 앉았다.

한참을 말동무가 되어드리던 그는
남은 채소를 양손 가득 들고서야
집으로 향하는 발걸음을 재촉한다.

상처뿐인 채소들을 한 아름 안고도
신이 나서 돌아간다.

Always Love You

센스 있는 사람

남들보다
한 박자 빨리 알아차리거나
한 박자 빨리 움직이는 사람을 보며

타고나길 그런가 보다, 라거나
사회 생활하며 터득했구나, 라고
쉽게 생각해버리고 싶지 않다.

상대방을 한 번 더 생각하는
그 쉽지 않은 노력을,
나보다 다른 이를 앞에 두는
그 흔치 않은 배려를
가벼이 여기고 싶지 않다.

11:00 pm

퇴근길

시원한 맥주 한 잔이 없다면

어떻게 버틸까 싶고

말끝마다

고개 끄덕여주는 당신들이 없다면

어떻게 살아갈까 싶고.

고요한 위로

언제부터 알게 됐을까.
흔한 것들이 주는 흔치 않은 위로를.

종일 사람에 시달린 날은
사서 고생이라고 해도
일부러 먼 길을 돌아갔다.

해가 지기 전 붉게 물든 노을
두 볼을 간질이는 다정한 바람
지친 하루를 위로하기에
이보다 더 좋은 건 없는 것 같아
하염없이 걷고 또 걸었다.

그 풍경을 잠자코 보고 있노라면
이 근사한 것들이 전부 공짜라는 게
도무지 믿기지 않는다.

이어달리기

예전 같았다면 크게 흔들렸을 일을
덤덤하게 넘길 때면
그때의 나처럼 휘청이는 사람은 없는지
주위를 둘러보게 된다.

무르기만 했던 내 마음이
이토록 단단해지기까지
얼마나 많은 위로의 말들이 있었을까.

나를 감싸고 있는 따스한 말들을
고스란히 돌려주고 싶은 밤.

누군가가 실어준 힘은
또 다른 누군가를 위한 힘으로
자라나고 있다.

십년지기의 문자

너무 오래 고민하지 마.
고민이 길어진다고
꼭 좋은 답이 나오는 것도 아니더라.

내내 괴롭기만 할 때도 있어.
있던 힘마저 축나지.

그러다 보면 처음 생각했던 것보다
더 마음에 들지 않는 결론에
다다르기도 하더라고.

그러고 보면
오래 생각해서 좋은 건
행복했던 기억밖에 없나 봐.

별똥별

무더운 여름밤.

별똥별이 떨어질 거라는 말에

도심의 불빛을 떠나 두 시간을 달렸다.

일찌감치 도착한 사람들은

가로등 하나 없는 새카만 하늘 아래 누워

소곤소곤 이야기를 나누고 있었다.

소음 하나 없는 그곳에서

우리도 미뤘던 대화를 주고받다가

누가 먼저랄 것 없이 가만히 하늘을 바라보았다.

이렇게 좋은 거였나.

아무것도 하지 않고 하늘만 보는 거.

어쩌면 별똥별이라는 건 그러라고 있는 건지도 몰라.

오래오래 바라보면서 잠시 숨 좀 고르고 가라고.

그날 떨어진 별똥별은 겨우 너덧 개에 불과했지만

그 자리에 있던 모두는 이미 소원을 다 이룬 것 같았다.

시간이 알려준 것

엄마의 예순두 번째 생일.

삼 남매가 몰래 준비한 선물에

엄마는 잘 보이지 않던 눈물을 비췄다.

우리는 감격스러워서일 거라 짐작했지만

엄마는 고개를 저으며 말했다.

마냥 아이 같던 너희가

전부 어른이 되어버렸다고 생각하니

아까운 마음이 들어서라고.

이제 정말 너희가 다 커버렸나 보다, 라고.

엄마의 말대로

우리네 인생에 소중히 품고 싶은 시절은

매번 서둘러 가버렸고

일찍 와줬다면 좋았을 깨달음은

매번 지각을 했다.

그 아쉬움이 어떤 건지 조금은 알 것 같아

나도 그만 눈물이 핑 돌았다.

틈

아무것도 하지 않아도 되는 주말.

늘어지게 늦잠을 자고 일어나
처음 나눈 대화가 고작
'점심 뭐 먹을까?'일 때

나는 행복을 부르는 일이
그리 어렵지 않음을 깨닫는다.

언제든 찾아올 준비가 돼 있는 행복에게
약간의 틈을 줄 것.

행복이 행복인 줄도 모른 채
지나쳐버리지 않도록
그 정도의 틈은 꼭 남겨두고 살아갈 것.

자신과의 대화

늦은 밤
불쑥 집 앞으로 찾아온 친구를 데리고
가까운 포장마차로 갔다.

나는 잘 정리된 위로의 말을 건네려다
그녀의 이야기가 결론에 다다를 때까지
잠자코 기다리기로 했다.

겁 많은 네가
끝도 보이지 않는 이 밤을 뚫고 온 건
날 만나기 위해서가 아닐지도 몰라.

분명 너는
너 자신과 이야기할 시간이 필요했던 거야.

어린 시절

조카가 태어난 후
잘 기억나지 않는 나의 어린 시절을
자주 상상해보게 된다.

어느새 할머니가 된 우리 엄마는
조카에게서 한순간도 눈을 떼는 법이 없고
알아들을 수 없는 말에도 매번 정성스럽게 대답하는데
그 모습을 가만히 들여다보고 있으면
흐릿했던 나의 어린 시절이 눈앞에 생생히 펼쳐지는 듯하다.

작은 몸짓만으로도 모두에게 사랑받던 그때를
나 홀로 기억하지 못하게 만들어둔 건
내 아이를 바라보는 당신의 모습을 보며
가만히 그때를 상상해보라는 걸까.

저리도 큰 사랑을 받았던 사람이라는 걸
어른이 되어서도 잊지 말라는 뜻이 아닐까.

네 살 선생님

놀이터 한가운데
몸을 둥글게 말고 앉은 아이는
한참 세상 구경을 하다가
내게로 달려온다.

꽃이 폈다고 웃고
나비가 날았다고 뛰고
해님이 나왔다고
내 손을 꼭 잡는다.

그랬지.
그랬지, 참.
세상은 이렇게 사는 거였지.

지하철에서

머리가 하얗게 센 두 할아버지가
노약자석에 나란히 앉았다.

어느 역까지 가냐는 질문을 시작으로
손주 사진을 꺼내든 두 사람은
동년배만이 이해할 수 있는 이야기를
삼십 분 넘도록 주거니 받거니 했다.

먼저 내리게 된 할아버지는 아쉬운 표정으로
'건강히 즐겁게 사시게나.'라며
다른 할아버지의 어깨를 두어 번 토닥였다.

웃음이 만든 고운 주름만큼
그의 앞날을 응원하는 다정한 마음이
나에게까지 전해왔다.

건강히 즐겁게 사시게나.

무표정하게 앉아 있는 지하철 안의 사람들에게도

이 말이 고루 새겨지길 바랐다.

오랜 사이

어른이 되어서 만난 사이는

입맛이든 취향이든

손뼉이 맞는 부분이 있어야만

가까워지는 법인데

아무것도 모를 때 만난 우리는

다른 것 투성이인데도

서로의 일상에서 멀어지는 법이 없다.

투덜대고 불평해도 우리는 알고 있다.

서로에게 맞춰가려는 노력이 있다는 걸.

노력이 있어야만 유지되는 사이가

번거롭고 피곤하게 느껴지는 이 나이에도

서로를 이해하려 한다는 걸.

오랜 사이가

더없이 애틋하고 소중한 이유는

아마도 이런 노력이 있기 때문일 것이다.

꿈

커다란 꿈보다

소소한 꿈을 부지런히 꾼다.

되도록 가까운 시일 내에

이룰 수 있는 것으로.

시간이 길어질수록 좌절은 커지는 법이고

그럴수록 자신에게 실망하기 쉬우니까.

조금은 소박할지라도

스스로를 칭찬할 수 있는

자그마한 꿈을 계속해서 꾸기로.

그래서 꿈꾸는 일이 즐거워지도록.

익숙해서 특별한

특별한 삶이란 게 따로 있을까.

모든 계절을 오롯이 느껴보기로 한 어느 해에
그동안 해본 적 없는 다짐을 했다.

벚꽃이 활짝 핀 길을 무심히 지나치지 않고
여름의 맥주만이 줄 수 있는 청량감을 즐기고
붉게 물든 단풍길을 지겨워질 때까지 걸어보며
첫눈이 오는 날엔
소중한 이의 손을 꼭 잡고 있겠노라고.

익숙해져서 좋고 또 좋아서 익숙해질 것들이
예상하는 그 자리에 머물러주기만 한다면
더없이 행복할 수 있겠노라고.

이제는 확신한다.
그게 특별한 삶이라고.

아파트 벽보

'그동안 성실히 근무해주신 류달희 경비원이 개인적인
사정으로 그만두게 되었습니다. 그동안의 노고에 감사드리며,
아파트 주민 여러분께서는 다음 주부터 출근하게 될
박경수 경비원을 반갑게 맞이해주시기 바랍니다.'

A4 한 장 가득 손으로 꾹꾹 눌러 쓴
벽보를 본 주민들은
아침마다 인사를 건네기 시작했다.

이따금 전에 일하던 경비원의 안부도 물었다.
그동안 성함도 모르고 지냈다며 미안한 내색을 보였다.

엘리베이터에 붙은 종이 한 장이
수십 개의 마음을 바꾸는 데
단 몇 초도 걸리지 않았다.

진심이란 원래 그런 것.

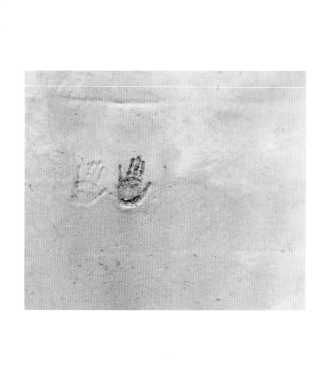

또 한 번의 휴가

각자의 휴가를 보내고 돌아와
동그랗게 둘러앉은 저녁.

오랜 친구들의 얼굴엔
검게 그을린 자국이 선명하지만
전에 없던 생기가 돈다.

음식을 주문하자마자
각자 가방에서 꺼내든 낯선 나라의 선물은
한 명 한 명의 취향에 꼭 맞아 떨어졌다.

각기 다른 여행지에서
며칠을 보내고 온 우리가 모이면
모두는 몇 번의 여행을 더 다녀온다.

그의 이야기로 인해, 그가 건넨 선물로 인해
휴가철의 들뜬 기분은 쉽게 가라앉지 않는다.

저녁이 있는 삶

언제부턴가
저녁 시간이 귀해졌다.

마음이 맞는 사람들과
모두에게 맞는 음식을
정성스럽게 골라 먹는다.

더는
괜한 자리를 만들지도
가지도 않는다.

그것만으로도
잘 살고 있다는 느낌이 든다.
지금의 삶이 꽤 마음에 든다.

조카 바보

엄마, 아빠, 할머니
딸기, 우유

어제보다 오늘
좋아하는 것들의 이름을
더 많이 알게 되고

오늘보다 내일
그 단어들을 더 정확하게
발음할 너에게

앞으로도 싫어하는 것보다
좋아하는 것을 먼저
그리고 훨씬 더 자주 떠올리는
네가 되길 바라.

한낮의 안부

눈꺼풀이 점점 무거워지고, 슬슬 허기가 지는 오후.
일에 집중하지 못하던 내게 한 통의 문자가 왔다.

'이태원에 새로운 카페가 생겼더라. 네가 좋아하는 빵도
엄청 많아. 다음에 한번 같이 오자.'

자주 보지는 못해도
내가 좋아하는 것들과 마주칠 때마다
이따금 이렇게 안부를 묻는 사람이었다.

그 순간 나를 떠올려준 것도
그 마음을 고스란히 전해준 것도 고마워
나는 저절로 '언제가 좋아?'라고 묻게 되고
어느덧 나도 그 사람이 좋아하는 것을 보면
그 사람의 얼굴이 가장 먼저 떠오른다.

그래, 결국 관계를 이어가는 건 관심.

퇴사를 축하해

성향에 맞지 않는 회사를
3년간 꿋꿋이 다닌 친구는
퇴사 후 아무 일도 하지 않는다고
내내 불안해했지만

내가 그녀를 알고 지낸 기간을 통틀어
가장 중요한 시간을 보내는 것 같았다.

오로지 그녀 자신만을 생각하는 시간.
오롯이 그것에만 집중하는 시간.

멈추지 않았다면 누리지 못했을 시간.

첫눈

올겨울에도 어김없이 눈이 내린다는 건
특별할 것 없는 흔한 일이지만

오늘처럼 변함없이
떠오르는 사람들이 있다는 건
무엇보다 귀한 일.

그래서 우리는 매해 그렇게도 부지런히
'첫눈'이라는 이름을 붙이는 걸까.

반가운 실수

낯선 곳에 가면 가까운 카페에 들러
익숙한 커피를 주문하고
천천히 동네를 둘러보곤 한다.

5년 만에 찾은 동네에 도착했을 때도
가장 먼저 보이는 카페에서 커피를 기다리고 있었는데
뭔가 착오가 있었는지 덜컥 두 잔이 나와 버렸다.

아르바이트를 시작한 지 얼마 되지 않은 듯해서
주인 없는 한 잔까지 받아들고 근처를 조금 걸었다.
저 멀리 친구의 회사가 눈에 들어왔다.

1층 로비에서 만난 우리는
반년 만에 서로의 안부를 물었다.
매번 엇갈리기만 했던 시간이
고작 커피 한 잔에 이토록 수월하게 맞춰지다니.

이런 실수라면

인생에서 몇 번쯤 더 있어도 괜찮을 것 같았다.

60번의 봄

"이제 우리에게 남은 봄은 60번쯤 되겠지."

계절이 바뀔 때마다
벚꽃을 함께 보는 사람들과
이런 말을 주고받았다.

내년에도 내후년에도
어쩌면 마지막일지 모를 봄에도
우리가 분명 함께일 거라는 믿음은
언제부터 생긴 걸까.

자연스럽게 자리 잡은 그 생각이
우리의 봄을 더욱 따스하게 만들어줄 것이다.

과일가게

아파트 뒤편에 있는 자그마한 과일가게는
야근하고 돌아가는 길에도 어김없이 불이 켜져 있다.

길거리엔 띄엄띄엄 한두 명만이 지나갈 뿐인데도
늦게까지 문을 닫지 않는 이유가 궁금했는데

언젠가 과일을 사며 넌지시 그 이유를 물었더니
늦은 밤 퇴근하는 게 미안해
과일 한 봉지라도 사가려는 가장들 생각에
쉽사리 문을 닫지 못한다고 했다.

그 따뜻한 마음 덕분에
오늘도 서둘러 집으로 향하는 가장들의 손엔
예쁘게 익은 과일이 한가득 들려 있다.

차곡차곡

지난 몇 년간
눈에 띄게 달라진 건 무엇인지
좋은 변화는 칭찬해주고
염려스러운 건 짚어주는 사람들.

나에 대해 나도 잘 모르겠을 때
그런 사람들과 함께 맥주 한 잔 앞에 두고
두런두런 이야기를 나누다 보면
자연스럽게 해답이 보인다.

오랜 시간 차곡차곡
정성스럽게 쌓은 관계는 그렇다.

조언

– 어느 길이 맞는지 모르겠어요.

– 어느 길을 선택하는지는 중요하지 않아.

– 그 선택이 평생을 좌우할지도 모르잖아요.

– 그보다 중요한 건 어떤 길을 택하더라도
그 길을 옳은 길로 만들 사람이
너라는 사실만 기억하면 돼.

손편지

모든 글을 연필로만 적는 선배가 있다.
손편지를 쓸 때도 마찬가지다.

선배를 닮은 가지런한 글씨로
정성스럽게 적어 내려간 편지엔
지우개질의 흔적도
여러 번 고쳐 쓴 문장의 흔적도
고스란히 담겨 있다.

전하고 싶은 마음에
가장 가까운 단어를
고르고 또 고른 흔적.

이 세상에
애정을 느끼게 하는 것은 참 많지만
그 손편지만큼 애정 어린 것을
나는 아직 보지 못했다.

오늘의 응원법

반년 만에 만난 오랜 친구는
내가 울적해 보인다며
느닷없이 서울을 벗어나자고 했다.

우리를 태운 차가
보여주고 싶던 풍경에 다다랐을 때
나는 말 없이 바라만 보고 있었다.
세상 어느 곳도 여기만큼
근사하지 못할 것 같아서였다.

오늘 나를 달래줄 곳은 여기였다는 걸
어떻게 나보다도 더 빨리 알아챈 걸까.

함께한 세월만큼
서로에게 힘을 실어주는 방법도 다양해진다.
이젠 말 한마디 없이도
서로를 다독일 수 있게 되었다.

For lovely eyes,
seek out the good
in people.

영동시장 칼국수집

지독한 감기에 걸려 뜨끈한 국물이 생각나던 밤.
영동시장의 작은 칼국수집에 들어갔다.

늦은 시간에도 손님으로 꽉 찬 가게엔
단 두 개의 메뉴만을 팔고 있었다.
주방에선 연신 반죽하는 소리가 들려왔고
그 사이 식탁 위에 올려진 김치는
오늘 아침 새로 담근 것이라고 했다.

인적 드문 이곳을 다들 어떻게 알고 찾아온 걸까,
그 의문은 첫술을 들자마자 풀렸다.

수고로움을 거쳐야만 만들 수 있는 식감,
그리고 그 맛이 괜찮은지 여러 번 묻는 질문.
재료도 마음도, 어디에도 없는 정성이었다.
그릇을 깨끗이 비우고 가게를 나설 때쯤엔
그 자그마한 공간이 한없이 커 보였다.

초여름의 크리스마스

언젠가 꼭 해보고 싶은 일이 있었다.
겨울인 게 당연한 크리스마스를
내가 가장 좋아하는 계절인 여름 날씨로 즐겨보는 것.

올해도 그저 상상만 하고 있던 이 일을
며칠 만에 갑자기 이루기로 한 건
동료의 한마디가 내내 맴돌아서였다.

"12월은 단순히 한 해를 마무리하는 달이 아니야.
올해도 잘 살아낸 널 칭찬하는 달이지."

그러고 보니 입버릇처럼 얘기하던 '언젠가'는
언제가 되어도 상관없다는 뜻이기도 했다.
그렇게 가볍게 미루고 싶은 일이 아니었기에
올해가 가기 전 가보기로 했다.

초여름의 크리스마스를 만나러.

입가

자극에 예민한 피부 덕에
나는 요즘의 내가
어떤 기분으로 사는지
금세 알아차릴 수 있다.

이번 겨울은
눈가가 트는 대신
입가가 자주 텄다.

다행히 나는
웃을 일이 더 많았나 보다.

그만의 기억법

"오랜 인턴 기간이 끝나고 정직원이 됐을 때, 너무 기뻐서 도중에
지하철에서 내렸어요. 거기가 고속버스터미널 역이었는데,
역 벤치에 앉아 오늘을 기억하자고, 이 기분을 잊지 말자고
몇 번이나 되뇌었었죠. 요즘도 고속버스터미널을 지날 때마다
그 기분이 고스란히 떠올라요."

5년도 넘은 그때를 떠올리는 동료의 눈빛이
어느 때보다 반짝였다.
다시 오지 않을 순간을 생생히 기억하는
그만의 방법이었다.

나는 나만의 방법은 뭘까 고민하다가
먼저, 그의 이야기를 들은 오늘을
정성스레 기록해두기로 했다.

소중한 순간순간이 시간에 바래지 않도록.

지갑

잃어버린 지갑을 찾느라 하루를 다 써버리고
터덜터덜 집으로 돌아오던 길.
우리 집 우체통에 든 지갑을 발견했다.
반으로 접은 포스트잇도 함께 붙어 있었다.

'지갑 속 사진이 한 장밖에 없을 것 같아서
어떻게든 돌려주고 싶었어요.
또 잃어버리지 말아요.'

한 번도 본 적 없는 낯선 사람이
오늘의 나를 다 이해해준 것만 같아
우체통 앞에서 한참 눈물을 삼켰다.

내가 사는 세상에는
이렇게나 따뜻한 마음들도 함께 살고 있다.

케이크

밥을 먹고 나면 꼭 가까운 빵집에 들러
케이크 하나를 함께 나눠 먹는 친구들이 있다.

딱히 초를 꽂을 이유도
초를 불어야 할 사람도 없지만
케이크가 있다는 것만으로
기념할 것들을 쉽게 찾을 수 있게 된다.

네 고민이 잘 해결되었으니
이번 주도 무사히 지나갔으니
또, 우리가 이렇게 다시 모였으니.

마음만 먹으면
우리는 언제든 오늘을 기념할 수 있다.

누군가의 배려

함께 저녁을 먹을 때마다
'점심은 뭘 먹었어요?'라는 질문으로
메뉴가 겹치는 일이 없게끔 하는 사람.

차를 갖고 갈 때마다
'주차 공간 알아둘까요?'라는 질문으로
시간 낭비할 일을 줄여 주는 사람.

그런 사람들과 오래 보고 지내면
나도 어디선가 같은 질문을 건네게 된다.
내가 경험한 기분 좋은 배려는
자연스레 또 다른 배려가 된다.

사려 깊은 사람들이 조금씩 조금씩
세상을 바꾸고 있다고 믿는 이유이기도 하다.

동갑내기 부녀

아빠는 몇 살이냐는 낯선 사람의 물음에
아이는 여섯 살이라고 답했다.

네 나이 말고
아빠의 나이를 알려달라 되물었지만
아이는 또다시 여섯 손가락을 펴 보였다.

그러고는 이렇게 답했다.
'아빠는 아빠가 된 지 6년 됐거든요.'라고.

아이는
아빠도 아빠가 처음이라는 걸
언제부터 알게 된 걸까.

그 자그마한 아이의 대답이
지금 이 순간은 누구에게나 처음이라고
내게 알려주는 것만 같았다.

초심

꽤 오랜 기간 마음고생을 하고서야
비로소 밥벌이를 하게 되었을 때

매번 내 넋두리를 들어 준 선배는
생애 첫 명함지갑을 선물해주었다.
그 안엔 손으로 쓴 편지도 함께 있었다.

카피라이터가 된 것보다
하고 싶은 일을 하게 된 걸 축하한다고.

그 편지는 어느덧 4년 차가 된 내게
카피라이터가 절실히 되고 싶던 시절을
금세 떠올리게 만드는 부적 같은 것이 되었다.

오늘도 내 자리,
가장 잘 보이는 곳에 붙어있다.

똑같은 책

마음에 드는 책을 발견하면
같은 책을 한 권 더 사두었다가
이 책이 필요할 누군가에게
선물해주는 친구가 있다.

나는 늘 그 마음이 예쁘다고 생각했다.
한 권만 남은 책꽂이를 볼 때마다
괜스레 내 기분까지 좋아졌다.

누군가에게 줄 좋은 책을
미리 모아두는 그녀의 마음이
무엇보다 귀한 선물 같아서.

나답게 사는 법

얘는. 미안하긴.

너 그럴 애 아닌 거 엄마가 모를까.

피곤하고 예민해 보이더라.

아무리 바빠도 잘 자고 잘 먹고 다녀.

편안한 상태를 유지해야 해.

그래야 너다울 수 있어.

항상 널 아껴주는 사람들 가까이 살아.

chapter 2

어떻게 온 마음을 다할 수 있을까

사랑이 아니고서야.

사람과
사랑을
생각해

세상에 헤픈 시절

찾아 헤매지 않아도
가는 곳마다 반짝이는 풍경이었다.

어디로 향하고 있었는지
까맣게 잊어버려도
잃어버린 길조차 눈부셨다.

그저 한 사람이 좋아졌을 뿐인데
이 세상, 예쁜 것 투성이다.

쉴 곳

스스로에게 해주지 못한 느긋한 말로
쉴 틈을 만들어주는 사람.

그 말에 '하루쯤은 그래도 되겠지' 싶어
조급했던 마음을 내려놓게 해주는 사람.

나아가기만을 바라는 세상에
그런 사람 하나쯤 꼭 필요하지.

조금 쉬어 가도 괜찮다는 너의 말이 없었다면
나는 그만 넘어져버리고 말았겠지.

꽃이 좋아진 나이

어차피 시들어버릴 거라며
멀리했던 꽃을
이렇게나 좋아하게 된 건

아마도 순간을 살자 다짐했던
당신과의 그날부터.

좋은 사랑

오래도록 함께할 사람은
내게 좋은 사람이기보다
나를 좋은 사람으로 만들어주는 사람이길.

그 사람을 사랑하는 내가 나도 만족스러워
꽤 괜찮은 사랑을 하고 있다고 느껴지도록.
그래서 오랜 친구가 내 얼굴만 보고도
우리의 사랑을 눈치채도록.

구태여 말하지 않아도 알지.
좋은 사랑은.

봄날의 데이트

쉽게 눈을 떼지 못할
근사한 장면과 마주했을 때

지금 너랑 있어서 참 좋다고
말할 수 있는 사람.

다른 말은 못 하더라도
이런 말만큼은 마음을 다해
전할 줄 아는 사람.

순간이 전부인 생에
사랑은 꼭 이런 사람과 해야지.

다음 만남

종일 함께 있고도 헤어지기가 아쉬워

벌써 이 사람과의 다음 만남을 떠올린다.

다음이 기다려진다는 건

내게 좋은 사람이라는 뜻이겠지.

이것보다 확실한 마음은 없겠지.

집으로 돌아가는 길 위에도

온통 그 사람과 함께하고 싶은 것만 가득했다.

시작점

지나고 보니 그날의 나는 유독
'우리'라는 말을 자주 했던 것 같다.

우리 뭐 할까.

우리 뭐 먹을까.

우리 어디 갈까.

이게 답이 될까.

언제부터 네가 좋아졌냐는 물음에.

동의어

맛있어 보이길래
예뻐 보이길래
어울릴 것 같길래

그때는 몰랐다.
매번 깔끔하게 마무리되지 못한
너의 소극적인 말들이
얼마나 큰마음을 끌어안고 있었는지.

이제는 안다.
그 모든 말이 사랑한다는 말이었음을.

좋아하는 이유

'그냥'이라는 말이 갖는
부담스럽지 않으면서도
애달픈 느낌을 좋아하지만

어떤 사람이 좋은 이유라든가
어떤 순간이 좋은 이유를 설명할 땐
그 단어는 빼놓고 말하려 노력한다.

좋아하는 것들에 대한 이유쯤은
조곤조곤 설명할 수 있는 사람이고 싶어서.

더는 바랄 게 없는

자꾸만

더 많은 것을 바라게 되는 세상에

지금 이대로도

괜찮다고 느끼기란 쉽지 않지만

그런 느낌이 들었던 대부분의 순간엔

누군가의 사랑이 있었다.

느려서 좋은 일

아침마다 내가
그의 커피를 타주는 것도
밤마다 그가
내 머리카락을 말려주는 것도
어느덧 일 년째.

십 분 먼저 일어나야 하는 나도
십 분 더 머리를 말려야 하는 그도
각자 하는 게 훨씬 빠르다는 걸 알고 있지만

하루의 시작과 끝에
서로의 손길이 전해지는 일을
하나 정도는 만들어두려는 것이다.

세상엔
느리고 번거로워도 좋을 일이 있다는 걸
서로가 있어 조금씩 알아간다.

사랑이 머무는 시절

홀로 걷는 동안에도
새어 나오는 웃음을 참지 못하는 사람들.

멍하니 있는 동안에도
좀처럼 미소가 사라지지 않는 사람들.

모두 사랑이 한 짓이겠지.

기념일

우리 중 하나가 지금이 참 좋다고 말했고
다른 하나도 망설임 없이 고개를 끄덕인 날들.

그 모든 날이 우리에겐 기념일이었으니
부지런히 그날들을 떠올리며 살자.

그 기억을 따라 걷는 또 다른 날들마저
모두 좋아져 버리도록.

꾸준한 애정

출근은 잘했느냐고
점심은 뭘 먹었느냐고
저녁엔 뭘 할 거냐고

서로에게 당연해진 일상을
일관되게 지켜가는 것만큼
커다란 애정도 없다.

어쩌다 표현하는 화려한 애정보다
몇 배는 더 어려운 꾸준한 애정.

따스한 겨울

내 손과 발은

11월이 되기도 전에 겨울이 내린다.

매번 차갑게 언 손을 녹여주는 너는

배부터 차가워지는 희한한 몸을 가졌는데

나는 또 배만 따뜻한 희한한 몸을 가져서

그 어느 때보다 오래 그리고 자주

너를 안아줄 수 있다.

희한한 너와 내가 만나니

겨울조차 고마운 계절이 되었다.

춥기만 했던 이 겨울이

가장 따스한 계절이 된다.

맞장구

"바람 참 좋다."
"하늘 참 예쁘다."

해도 그만 안 해도 그만인 나의 시시한 말에도
'정말 그렇네.'라고 다정하게 대답해줄 때면
그렇네, 그렇네, 그 말을 되뇌어 보곤 한다.

내 감정을 소중히 대해줘서일까.
순간의 느낌조차 맞아떨어진 게 기뻐서일까.

내게 온통 집중해주는 이 사람 때문에
내가 마치 세상 가장 중요한 사람이 된 것만 같다.

잘 자

하루가 끝나감을 아쉬워할 틈도 없이
오늘을 다독이는 인사.

잘 자.
내일은 더 좋은 일이 있을 거야.

세상에 있는 모든 행복을 부르는
주문 같은 한마디.

짧은 그 한마디 속에
어쩜 그리도 흠뻑
다정한 마음이 묻어날 수 있는지.

우리의 거리

마음이 맞는 사람이 생기면
발 닿는 데로 사부작사부작 걸어본다.

끊겼다 다시 이어지는 거리의 마디마다
우리의 이야기를 심어두면
그 거리가 꼭 우리 둘만의 것처럼 느껴진다.

이 골목을 꺾으며
조금 느린 걸음으로 했던 말이
이 신호등 앞에서
잠시 멈춰 서서 했던 말이

기억 어딘가에 짙게 새겨져
비록 혼자 걷게 되더라도
꼭 함께인 것만 같다.

한강을 지나며

자전거를 타고 하염없이 달리던 날.
잠수 대교 위에서 한 남자와 마주쳤다.

남자는 같은 풍경을 여러 번 찍어보다가
이내 포기하고 어디론가 전화를 걸어
이렇게 말했다.

"다음에 꼭 같이 오자."

아름다운 것과 마주한 순간
떠오르는 사람이 있다는 건 축복이지.

나는 멈췄던 페달을 다시 돌리기 시작했지만
그와 마주친 후부터 자꾸만 멈춰 서기를 반복했다.
내게도 떠오르는 얼굴이 있어서였다.

표정을 만든 사람

오랜만에 만난 지인이 내 표정을 보고는
혹시 좋은 소식 있냐고
가만히 있어도 꼭 웃고 있는 것 같다고 했다.

내가 어떤 표정을 짓고 사는지 잘 알지 못하는 나는
별로 달라진 게 없을 거라며 머쓱하게 웃었는데

초인종을 누르기도 전에 뛰어나와
활짝 문을 열어주는 당신을 보고 알았다.

지금 내 표정
모두 이 사람이 바꿔놓은 거라는걸.

신호

지금 뭘 하고 있을까.

지금 어떤 생각을 하고 있을까.

자꾸만 지금이

궁금해지는 사람이 있다면

이미 사랑이 시작되었다는 신호.

느린 걸음

걸음이 느린 그보다 자주 앞서 걷는 내가
언제부턴가 뒤를 돌아보지 않게 된 이유는

어디로 향하든
내 뒤엔 그가 있을 거라는 확신이 생겨서였다.

이런 사소한 짐작조차도
모두 믿음에서 비롯되었다는 걸 알고 있다.

눈에 보이지 않아도
어딘가 차곡차곡 쌓일 우리의 시간에 안도한다.

같은 생각

매서워진 바람에 옷깃을 여미다가
동시에 2년 전 어느 날을 떠올렸다.
그러곤 그때 이야기를 한참 했다.

비슷한 공기

비슷한 온도

비슷한 바람만으로

두 사람이 같은 날을 떠올린다는 건
여러 번 겪어도 참 기분 좋은 일.

공유한 날이 많다는 건
그만큼 추억할 날도 많다는 거니까.

생일날

대체로 누구나 좋아할 선물을 건네는
당신도 좋았지만
틀림없이 내가 좋아할 선물을 건네는
당신이 더 좋았다.

확신에 찬 얼굴로
네가 좋아할 줄 알았다고 말할 수 있기까지
수없이 들여다봤을 나의 일상.

당신이 건넨 선물보다도
그 정성 어린 시간이 나는 더 기뻤다.

닮은 온도

눈이 내리면
아빠와의 추억을 가장 먼저 떠올린다.

내가 찬 바람에 몸을 웅크리면
아빠는 무심히 내 손을 쏙 잡아다가
코트 주머니 속에 넣어주곤 했는데
그 손이 하도 따뜻해
새하얀 눈마저 봄처럼 느껴졌다.

이제는 그 자리를 채워주는 남편이
얼음장 같은 내 손을 꼭 잡아줄 때면
아빠와 꼭 닮은 손의 온기가
그 순간을 떠오르게 한다.

그래서 아빠도 이 사람을 좋아했던 걸까.
어느새 눈가가 뜨거워진다.

교집합

결혼 후,

내가 3년을 함께 살아온 반려묘를 안고 왔을 때

당신은 아무 말 없이 나보다 더 그 녀석을 예뻐해 주었다.

동물 한 번 키워본 적 없는 당신이었는데도

내가 좋아한다는 이유로 열심히 좋아해 보려는 모습에

나는 또 한 번 반했던 것 같다.

그때 그런 생각을 했다.

당신이 좋아하는 거라면

나도 최선을 다해 좋아해보고 싶다고.

그래서 각자가 좋아하던 것이

우리 모두 흠뻑 빠져 있는 교집합이 되면 좋겠다고.

테라스의 연인

쉴 새 없이 재잘대는 저 연인보다
말없이 같은 곳을 바라보는
저 연인의 이야기가 더 궁금하다.

말 한마디 건네지 않고도
모든 이야기를 주고받은 것만 같은 표정
이따금 서로의 기분을 살피는 다정한 눈길.

두 사람은 어떤 날들을 보내왔을까.
켜켜이 쌓인 시간을 들여다보고 싶다.

익숙함

택시가 집 앞에 멈춰 서자
손을 흔들며 달려오는 그를 보며
기사님이 말했다.

"저 친구가 아가씨 많이 좋아하나 봐."

처음 본 사람이 건넨 한마디에
익숙해진 그의 다정함이 문득 새삼스러웠다.
한걸음에 달려 나온 그의 손이
그 어느 때보다 따뜻했다.

그날 밤은 그 손을 오래도록 잡고 있었다.
이 모든 것들에 무던해지는 날이
영영 오지 않길 바라면서.

사랑꾼

친구에게 애인이 생겼다.

무뚝뚝한 성격 때문인지 자랑은커녕
이야기 꺼내는 것조차 부담스러워하더니
가는 곳마다 평소 하지 않던
혼잣말을 중얼거렸다.

예쁜 것만 보면
그 애가 좋아하겠다는 말이,
좋은 것만 보면
사다 주고 싶다는 말이
숨겨둔 그의 마음을 짐작하게 했다.

그 어떤 말보다도
확실히 느껴지는 애정이었다.

내 사람

빈털터리로 온 세상에
'나의'라는 말을 붙일 수 있는
대상이 생긴다는 건
실로 엄청난 일이 아닐까.

아무것도 아닌 내가
누군가의 전부가 될 수 있다니.

그런 건 사랑에나 어울리는 것.
사랑이니까 가능한 것.

그날의 책

방을 둘러싼 책꽂이마다
지난 시간이 가지런히 놓여 있다.

꼭 내 이야기인 것 같아
잠깐의 고민도 하지 않은 채
집으로 데려온 책들은
그때의 감정을 고스란히 드러내는데

사랑에 빠진 순간에 고른 책은
유독 짙은 향기가 난다.

책의 제목을 소리 내 읽어보는 것만으로도
사랑했던 순간을 다시금 사랑하게 만든다.

비상구

이 순간을 견디면
오래 다독여줄 손이 있고

이 순간만 넘기면
오래 안아줄 품이 있다.

이 생각 하나면
어떤 순간도 다 견딜 만해진다.

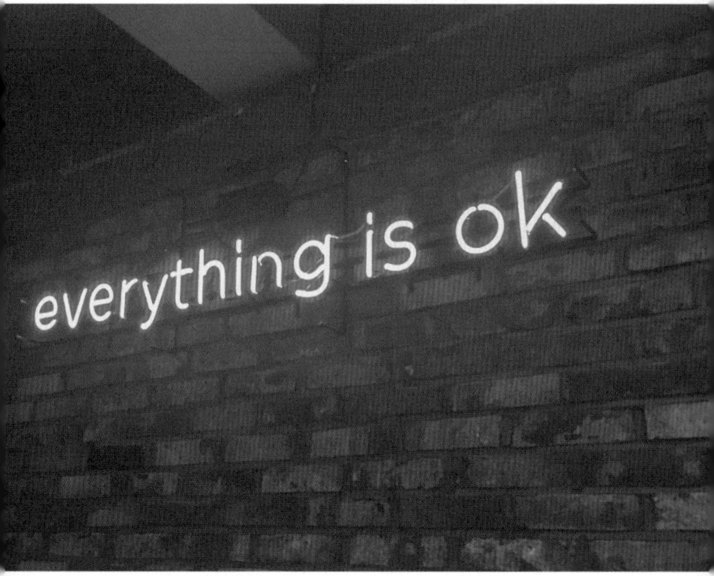
everything is ok

둘

눈이 닿지 않는 곳에
파스를 붙여주거나

손이 닿지 않는 곳을
시원하게 긁어주거나

키가 닿지 않는 곳의
물건을 꺼내줄 때.

하나보다 둘이 좋다고 느끼는 순간은
생각보다 아주 사소하다.

결혼 소식

준비하느라 바쁠 텐데

어렵게 시간 내지 않아도 괜찮아.

소개해주지 않아도 알 것 같거든.

그 사람을 만난 후

너 자신을 미워하거나 자책한 적 없잖아.

다투기는 했어도

널 오랫동안 혼자 두지 않았고.

너만 봐도 알아.

좋은 사람 만났다는 거.

결혼 진심으로 축하해.

당신의 계절

따뜻한 바닐라 라떼에서

얼음 동동 아이스 라떼로

호호 불며 먹던 호떡이

머리까지 찌릿해지는 팥빙수로

내가 좋아하는

부들부들한 스웨터가

짙은 남색 티셔츠로

오래 함께여서 좋은 건

계절이 바뀔 때마다

당신이 좋아하는 것들과

다시 마주할 수 있다는 것.

오직 나만 아는 당신의 계절이 있다.

속마음

잠은 푹 잤는지가 중요할까.
밥은 잘 챙겨 먹었는지가 중요할까.

날씨가 어떤지
옷은 따뜻하게 입었는지
그게 뭐 중요할까.

오늘 나는 이만큼 네 생각을 했는데
너는 내 생각을 몇 번쯤 했을까.

그게 궁금해서 그런 거지.

모든 이유

그 가게의 음식이 훌륭했던 이유
그 거리의 풍경이 반짝였던 이유
그 노래의 가사가 절묘했던 이유

그 모든 순간이 그랬던 이유는
당신 옆에 있던 바로 그 사람 때문.

동반자

악몽에 시달리던 나를 품에 꼭 안아주었을 때.

잠에 취한 내 머리카락을 천천히 쓸어 넘겨주었을 때.

펄펄 끓는 내 이마 위에 밤새도록 찬 수건을 얹어주었을 때.

당신과 남은 생을 함께 하기로 다짐한 나를

슬며시 칭찬해주곤 한다.

이제 언제고 나를 나보다 아껴줄 당신이 있다.

그런 당신이 곁에 있다.

달라진 발걸음

당신을 만나고 난 후
서둘러 걷는 일이 없었다.

당신을 만나러 가는 길도
당신과 나란히 걷는 길도
그리고 다시 혼자가 되어
집으로 돌아오는 길마저

나는 그날그날의 풍경을
하나도 놓치지 않을 만큼
천천히 또 천천히 걸었다.

이제야 내 삶이 제 속도를 찾은 듯한
내내 그런 기분 속에 살았다.

사랑이라면

어떻게 한 사람을 평생 좋아할 수 있느냐는
젊은 친구의 물음에
그 사람과 하고 싶은 일이 얼마나 많은지 아느냐고
네 살 난 아이의 아빠가 답했다.

그 자리에 있던 사람들 대부분이 꿈같은 이야기라고 했지만
나는 한 번쯤 그런 꿈을 가져봐도 괜찮지 않을까 생각했다.

그래, 사랑이라면.

가장 좋은 순간

있잖아.

지친 몸으로 버스에서 내렸는데
저 멀리 카페에서
정류장만 물끄러미 바라보고 있는
당신을 발견했을 때.

나는 하루 중
그 순간이 가장 좋았어.

당신의 정성스러운 기다림이
힘든 하루를 모두 잊게 했어.

결혼기념일

부부라고 불린 지 365일째 되는 날.

눈을 뜨고도 두 시간쯤 더 누워 있다가
우리 두 사람 다 언제든 좋아하는 음식을
첫 메뉴로 골랐다.

그러고는
얼마 전 보고 싶다고 했던 영화를 틀어놓곤
둘만이 좋아하는 시시한 농담을 주고받았고
해 질 무렵엔 동네를 조금 걸었다.

집에 도착할 때쯤엔
함께 살길 잘했다는 말을 서로에게 들려주었다.

그것만으로도 충분히 근사한 날이었다.

노부부의 산책길

바람이 몰라보게 다정해진 날.
한 노부부가 봄 마중을 나왔다.

다리가 불편한 할아버지를 위해
할머니는 멈췄다 섰다를 반복했고
할아버지는 연신 미안한 표정을 지었다.

할머니는 그 미안함이 미안했는지
그의 굽은 등을 다정히 쓸어내려 주었다.

하나로 포개진 그림자 위로
차갑게 언 거리가 조금씩 녹아내리고 있었다.

이 세상에
영영 시시해지지 않는 건 사랑뿐이라고
두 사람의 뒷모습이
나지막이 속삭이는 것만 같았다.

chapter 3

속수무책으로

세상에 흔들릴 때면

영영 철들지 못할 것 같은

기분이 들고

종점

버틸까.

버릴까.

이런 생각이 들기 시작했다는 건

이미 끝을 향해 달려가고 있다는 뜻.

싫증

어른이 되고부터 줄곧 생각했다.

지금껏 좋아해 온 것들을
같은 농도만큼
꾸준히 좋아할 수 있는 것도

지금껏 즐겨온 것들을
같은 빈도만큼
꾸준히 해나갈 수 있는 것도

실은 엄청난 재능일지도 모른다고.

어른에게 필요한 용기

내키지 않는 일은
하지 않는 것.

아무래도 싫은 사람을
좋아해보려 애쓰지 않는 것.

누군가에게 사랑받기 위해
내가 미워지는 일은 하지 않는 것.

그땐 몰랐다.
어떤 일을 하지 않기 위해서도
용기가 필요하게 될 줄은.

도돌이표

과거를 돌아보는 데 재능이 있는 나는
'만약'이라는 가정을 세워
가보지 않은 길을 상상해보곤 한다.

그때 그 사람을 만나지 않았더라면
그때 그 길을 택했더라면

그러다 보면 신기하게도 매번
같은 결론에 도달한다.

'했더라면 좋았을 텐데'에서 시작된 생각은
역시나 하지 않았더라면 좋았을 생각이라는 것.

확신

견뎌야만 뭐라도 된다고 믿었던 시절을 지나

즐겨야만 뭐라도 남는다고 믿는 시절이 왔다.

버티면 이룰 수 있는지는

점점 확신할 수 없지만

즐기지 못하면 어디에도 쓸모없다는 건

갈수록 분명해지므로.

사라진 결심

봄에는 다시 그림을 그려보겠다고
여름에는 열흘쯤 여행을 떠나보겠다고
가을에는 연락이 뜸해진 누군가를
꼭 만나러 가겠다고 다짐했다.

한 해가 끝나가는 지금
어느 것 하나 이루지 못했다는 사실보다
나를 더 작아지게 만드는 건
그때의 마음이 잘 기억나지 않는다는 것.

감정연습

어느 시점이 되면
좋은 감정은 오래 즐길 줄 알고
나쁜 감정은 금방 떠나보낼 줄 아는
사람이 되어 있을 줄 알았다.

넘어지기도 하고 다치기도 하며
세상을 몇 번 경험하고 나면
저절로 되는 일이라고 생각했지만

마음이라는 건 도통 적응하는 법을 모르니
어쩌면 평생이 걸릴지도 모를 일.

노랫말

요즘의 내가 괜찮은지 아닌지는
노래를 들어보면 안다.

가시처럼 박혔던 가사를
무던하게 부르는 날이 있는가 하면
매일같이 흥얼거리던 가사를
한마디도 부르지 못하는 날도 있으니.

같은 노래도 고작 마음 하나에
이렇게 갈대처럼 흔들린다.

나의 안부는 노래를 들어보면 안다.

따끔한 위로

행복이 네게만 주어진 특권이 아니듯이

불행이 너 하나만 비껴가란 법도 없지.

그래도 위안이 되는 건

누구도 예외일 수 없다는 것.

열정의 정의

모든 일을 제처두어야만

대단한 열정을 가진 게 아닌데

어떤 일도 묵묵히 견뎌내야만

특별한 노력이 되는 게 아닌데

언제부턴가

내 주위가 망가지는지도 모른 채 달려야만

인정받는 세상이 되어버렸다.

때론 나 자신까지도.

죄책감

월요일 아침.

"주말에 뭐 했어?"라는 물음에

"집에서 쉬었어."라고 대답할 때면

내게 주어진 시간을

내 의지대로 썼을 뿐인데도

이유 모를 죄책감이 밀려온다.

아무것도 하지 않아도

불안하지 않은 삶을 살기란

왜 이리도 어려운 건지

주말이 여유로웠던 만큼

평일의 시간을 빽빽이 채우고서야

나는 안심이 되었다.

머피의 법칙

기다리던 약속은 결국 파투나고
마음먹고 찾아간 가게는 마침 쉬는 날이고
예고에 없던 비는 소풍날에 쏟아진다.

감당 못할 소식이
가장 안심했을 때 찾아오는 것처럼.

칭찬 중독

칭찬이란 건 들을수록
무서운 존재로 자라났다.

붕 띄워 으쓱하게 만들어놓곤
그 맛을 다시 보지 못하면
왠지 시시한 기분이 들고

한 번이라도 더 그 말을 들으려
정신없이 쫓아가다 보면
어느새 나에게서
저만치 멀어지고 말았다.

내가 어떤 사람이었는지조차
까맣게 잊어버렸다.

새해

마음이 내키지 않는 일은 되도록 멀리.
마음이 시키는 일은 어떻게든 가까이.

이게 뭐 그리 어려운 일이라고
삼십 년째 같은 다짐을 하는 걸까.

장례식장에서

흠잡을 것 없이
완벽한 위로의 말을 건넨 사람들 사이에서
아무 말 없이
눈물만 뚝뚝 흘리던 사람이 있었다.

아픈 내가 도리어 그를 안아주었는데
이상하게도 꼭 내가 안긴 것 같아
그 순간만은 아프지 않은 것 같았다.

말의 온도는 이길 수 없다.
마음까지 전해오는 몸의 온도를.

달다 쓰다

어느 날은

이렇게까지 내 뜻대로

되어도 되나 싶을 만큼

모든 순간이 좋았는데

이런 날 꺼내보라고

그렇게 다정하게 굴었나.

세상은 너무나 변덕스럽다.

우리는 왜 당연하지 못할까

매일 같이 쏟아지는 업무로
밤낮없이 일만 하던 동료가 늦은 휴가를 떠나며
'그동안 열심히 일했으니까'라고 말했다.
정말 쉬어도 될지 불안해하는 눈치였다.

어떤 이유가 있어야만 원하는 대로 할 수 있다면
아무것도 하지 않은 나는 아무것도 아닌 게 되는 걸까.

열심히 하지 않았더라도 원하는 걸 해도 좋다고
열심히 하지 못했더라도 원하는 대로 살아도 좋다고
몇 번이고 말해주고 싶었다.

서른 즈음

서른이 되어 가장 좋은 건
누군가에게 들으려 애쓰던 칭찬을
가끔 나에게도 해줄 수 있게 된 것.

그래서 나 자신을
궁지에 몰아넣는 일 또한 줄어든 것.

무모하지 않은 만큼 가슴 뜨거울 일도 줄었지만
그건 다칠 일이 줄었다는 의미이기도 해서
나는 지금의 나이에 안도한다.

뒤늦게 앓는 밤

지금 나 자신이
얼마큼 힘든지 자각하기까지
매번 오랜 시간이 걸렸다.

그 말을 누군가에게 털어놓기까지
또 한 번의 오랜 시간이 걸렸고
그때가 되면 이야기를 꺼내놓기엔
너무 많은 시간이 흐른 뒤였다.

이따금 이유 없이 눈물이 나는 건
아마도 그 시절에 꾹꾹 눌러둔
아픔 때문일지도 모른다.

때를 놓친 슬픔은 어느 날 불쑥
이렇게 터져 나온다.

차가운 세상

어제는 컴퓨터 속 그림판 기능이
없어질 거라는 기사가
오늘은 성냥갑을 만드는 유일한 공장이
사라질 거라는 기사가 실렸다.

그동안의 어려움이 낱낱이 적힌 기사에는
있는지 없는지도 몰랐을 것들에 대한
아쉬움의 댓글이 줄줄이 달려 있었다.

사라질 위기에 처해야만 돌아보는 세상.
우리는 그런 세상에 살고 있구나.

예쁜 짓

몇 주간 붙들고 있던 보고서가
짧은 몇 마디에
휴짓조각으로 변해버릴 때마다

이 길지 않은 생을
누군가의 마음에 들기 위해
전부 써버리는 게 아닐까 하는 생각이 든다.

그런 날은 퇴근길에 꼭 맥주를 산다.
바삭바삭한 안줏거리도 잊지 않는다.

하루에 한 번 정도는
나를 위한 예쁜 짓도 하고 싶어서.

경험

경험한 것이 많아진다고
삶을 능숙하게 살 수 있는 것도 아니고

모르는 것보다 아는 게 많아진다고
반드시 현명한 선택을 하는 것도 아니었다.

앞으로 어떤 일들이 일어날지
예측할 수 있다고 해서
삶이 두렵지 않은 건 아니듯이.

평생의 망각

별것 아닌 일에
자꾸만 마음이 흔들리는 것도

이미 떠난 일을
미련하게 놓지 못하는 것도

모두 한 가지 이유 때문이다.

우리의 생이
단 한 번뿐이라는 사실을
까맣게 잊어버려서.

버스에서 만난 아이

내가 탄 버스가
서울역을 지나 이수역에 다다를 동안
앞자리에 앉은 아이는
한순간도 고개를 들지 않았다.

주먹을 꼭 쥔 왼손.
연필을 꼭 쥔 오른손.
낯선 문제 앞에 손이 멈출 때마다
아이는 왼손을 더욱 세게 쥐었다.
번호마다 무심하게 그어진 빨간 작대기가
아이의 가슴을 쿡쿡 찔렀다.

창밖은
지독히 추웠던 지난겨울을 사과라도 하듯
봄 햇살이 가득했는데.

편견

지난봄
내 능력 밖이란 생각이 드는 일을
눈앞에 두고 오랜 시간 주저했다.

나는 생각이 많아 느린 사람
수십 번을 확인해야 마음이 놓이는 사람
칭찬을 들어야만 열심인 연약한 사람인데.

그렇게 하지 말아야 할 이유를
한참 떠올리다가 문득 깨달았다.

나에 대해 가장 많은 편견을 가진 사람이
다름 아닌 나 자신이었다는걸.

어째서 나는 나를 막아서는 데
이리도 적극적이었을까.

술자리

이다음에 뭐 하고 싶냐고 묻던 우리가
이다음에 뭐 먹고살 거냐고 묻고
요즘 재미있는 일 없냐고 묻던 우리가
요즘 별일 없냐고 묻는다.

오고 가는 평범한 대화 속에
어딘지 모르게 달라진 우리가 있다.

나잇값

나이 드는 게
더는 새삼스럽지 않은 이유는
숫자가 달라진다고 해서
내가 대단히 달라지지 않는다는 걸
반복적으로 경험했기 때문이었다.

고작 하루 사이 나이 한 살 더 먹는다고
어제의 나보다 나은 사람이 될 수 있는 걸까.
이렇게 나이의 꽁무니만 졸졸 쫓아다니다가
영영 제 나이가 되어보지 못하는 건 아닐까.

어쩌면 나이에 맞는 삶이라는 건
존재하지 않는 건지도 모르겠다.

모녀여행

함께 여행할 나라를 고르고

함께 머물 숙소를 예약하고

함께 가고 싶은 곳을 찾다가

이렇게 쉬운 일을

어째서 삼십 년 동안이나 하지 못했는지

스스로가 참 야속했다.

그동안

이루었다고 기뻐하던 모든 것이

한없이 작아 보였다.

세상이라는 건

몰려오는 생각들로 밤새도록 뒤척였다.

늦잠을 자서 버스를 놓쳤고 지각을 했다.
제때 해야 했을 일이 늦어졌으며
결국 듣기 싫은 말을 들어야 했다.

좋지 않은 일은 왜 한꺼번에 몰려오는 걸까.
온갖 부정적인 이야기들을 끌어안고 있다가
문득 그런 생각이 들었다.

세상이 매 순간 내게 친절해야 하는 이유도 없고
세상이란 건 원래 좋기 위해서만 있는 게 아니라고.

올해의 달력

12월의 끝자락에서
올해의 달력을 살펴보았다.

매일 빼곡히 무언가를 적은 건
고작 1월과 2월뿐.
그 후부턴 모조리 빈칸이었다.
주어진 오늘을 무사히 넘기기에도
바쁜 날들이었다.

나는 오늘부터 어제로,
어제에서 또 그저께로
했던 일들을 거꾸로 기록하기 시작했다.

그렇게라도 하지 않으면
하루하루를 사는 사람이 아니라
그저 버틴 사람으로밖에 남지 않을 것 같았다.

일이 된 꿈

세상 참 호락호락하지 않다.

하고 싶은 걸

하고 싶은 만큼만 할 수 있게

놔두는 법이 없다.

정답이 없어서 좋았던 일도

결국 누군가가 정해둔 정답을 맞추기 위한

과정에 불과하다는 걸 깨닫고 나면

내 지난날의 꿈이 조금은 원망스럽게 느껴졌다.

그런 밤은 쉽게 잠들지 못했다.

위로의 타이밍

누구에게든 위로받고 싶었다던 친구는
자신의 이야기를 듣고 있던 또 다른 친구로부터
'너만 그런 거 아니야. 나도 힘들어.'라는
대답이 돌아왔을 때 아무 말도 하지 못했다고 했다.
예상하지 못한 반응은 또 하나의 상처로 남았다.

덜 힘든 사람이
더 힘든 사람을 다독여줄 수 있는 것도,
그 위로의 타이밍이 딱 맞아떨어지는 것도
어쩌면 축복받은 일인지도 모른다.

날 가장 믿지 못하는 사람

잘한 것보다
잘못한 것을 들춰 꾸짖는 사람.

묵묵히 나아가고 있음에도
괜한 의심을 버리지 못하는 사람.

궁지에 몰린 순간마저
내게 너무나 가혹한 사람.

때때로 그런 대상이
나 자신이 되기도 하더라.

영춘화

꽃을 보아야만 봄을 실감하는 나는
매번 가장 먼저 봄 마중을 나오는 꽃이
개나리라고 믿었다.

그보다 앞서 찬 공기를 뚫고 나오는 것이
영춘화라는 사실을 안 것은 불과 며칠 전.

단지 안에 핀 개나리를 보고 있던 내게
영춘화는 봄이 찾아올 때마다 억울하겠다며
경비 아저씨가 말을 걸어왔다.
매일 꽃을 심고 가꾸는 분이었다.

나는 아저씨가 자리를 뜬 후에도
한참 그 꽃을 바라보고 있었다.

올봄, 이 익숙한 꽃을 영춘화라는 이름으로
처음 불러보았기 때문이었다.

급체

이유 없이 속이 쓰리고
이유 없이 소화가 되지 않는다.

약 없이도 금세 괜찮았다가
약을 먹어도 도통 나아지지 않는다.

몸도 이런데
마음이라고 왜 그런 날이 없을까.

나아지길 묵묵히 기다리는 수밖에.

일의 수명

점심시간이 한참 지나고
늦은 식사를 하러 길.

선배가 옷깃을 여미며
가을까지만 바쁘게 일하고
겨울 한 달쯤은 푹 쉬면서
실컷 글이나 썼으면 좋겠다고 했다.

세상이 조금만 양보해주면
좋아하는 일을 마음껏 좋아할 틈 정도는
생기지 않겠냐고.

이번 생엔 이루기 어려운 일이겠지만
만약 그럴 수만 있다면
우리는 이 일을 더 오래 더 정성껏
좋아할 수 있을 것도 같았다.

기러기 아빠

자정이 넘은 시간.
십 년 넘도록
기러기 아빠로 살고 있다는
택시 기사님을 만났다.

브레이크를 밟을 때마다
백미러에 걸린 빛바랜 가족사진이
이리저리 흔들렸다.

호주에 있는 아이들이
한국에 놀러 오겠다고 한 지
벌써 석 달이 넘었다고 했다.

그 말을 들은 후
매일 손꼽아 기다렸을 그날.

그날이 오늘일까,

바라고 또 바랐을 하루가

또 한 번 무심히 지나가고 있었다.

제자리걸음

5년 전 오늘.

3년 전 오늘.

1년 전 오늘.

친절한 SNS 기능 덕분에

몇 년 전 오늘을

내가 어떤 곳에서

어떤 기분으로 보냈는지

저절로 알 수 있는데

때때로

그때보다 나아진 게 없는 지금의 나는

그때의 내게 조금 미안한 기분이 든다.

예민한 게 아니라

작은 일에도 쉽게 감정이 상하고
상한 감정이 쉽게 회복되지 않으면

하던 일을 잠시 멈추고
어떤 경우에도 날 오해하지 않는 사람을 만나거나
꼭 그 가게에서만 파는 수제 쿠키를 사러 간다.

단지 예민해서가 아니라 마음의 체력을 다했으니
더는 그냥 내버려 두지 말라는 신호이므로
그땐 최선을 다해 내가 나를 다독인다.

묘생

자고 싶을 때 자고

먹고 싶을 때 먹고

놀고 싶을 때 노는 묘생을

부러워한 적이 있었다.

그러다 그 삶이 때론 지루하지 않을까,

궁금해하던 시기에

우연히 그 답을 드라마 속에서 찾았다.

사람과 달리 고양이에게는

시간 개념을 담당하는 신피질이 없어서

매일 똑같은 일상을 보내도

전혀 우울하거나 지루하지 않다고.

똑같은 오늘이지만 결코 똑같이 느껴지지 않는 삶.

우리는 어떤 오늘을 살고 있을까.

처방전

한 달 넘게
잠잠해지지 않던 두드러기가,
한 계절 내내 달고 살던 감기가
하룻밤 사이 깨끗이 나았다.

전문가도 어쩌지 못한 잔병이
오랜 고민이 사라진 뒤에야
일상에서 빠져나갔다.

몸의 문제가
때론 마음의 문제일 수 있다고
이겨낼 방법은 건강한 마음뿐이라고

어른이 된 후 내게 내려지는 처방은
점점 비슷해진다.

문득

끊임없이

누군가의 마음에 들기 위해

애쓰는 날들.

정작

내 마음에 들기 위한 노력은

언제 했었더라.

chapter 4

어떤 날은

그저 견뎌내는 것밖엔

할 수 있는 일이 없기도 해.

상처도 선택

그 사람의 말에

마음 한구석이 따끔거리는 건

상처받기를 택한 나 때문.

그 사람의 말이 자꾸만 맴도는 건

마음을 헤집도록 내버려둔 나 때문.

그 시절 내 상처의 이유는

못된 네가 아닌 못난 스스로였다.

혼한 착각

지난 삼십 년간

단 한 순간도 떨어져 본 적 없는 나에 대해

나조차도 잘 모르면서

오랜 시간을 함께한 사람이라면

나에 대해 모두 알고 있을 거라는 건

무모한 생각.

안부

반나절 사이
수십 장의 근황이 올라와 있었다.

생생히 전해지는 저마다의 안부를 보며
조금 울적한 기분이 들었다.

클릭 몇 번이면 그 사람이 어떻게 사는지
훤히 볼 수 있는 세상에
안부를 묻는다는 게 새삼스러워서.

당신과 나 사이
연락할 구실이 없어져 버린 것이다.

진가

누군가의 실수나 치부를
덤덤하게 말하는 사람은
되도록 멀리한다.

비록 그 누군가가
내가 알지 못하는 사람이라도.

사람의 진가는
함께 있을 때보다 함께 있지 않을 때
더 선명하게 느껴지는 법이니까.

허무함의 이유

누군가가 좋아지기까지
오랜 시간이 걸렸는데
어째서 미워지는 건
한순간이면 되는 걸까.

이따금 사람 사이의 관계가
허무하다고 느껴지는 건
아마도 이런 이유.

불편한 진실

언제 주었는지 모를 상처를 남기고
몇 번이나 같은 실수를 반복하고
이내 믿어주는 이를 돌아서게 만드는 사람.

그런 사람이 내가 될 수도 있다는 사실은
더없이 큰 두려움을 주지만

그 불편한 진실을 알고 있는 것만으로도
우리는 누군가에게 덜 상처 주고
더 안아줄 수 있는 사람이 되어간다.

거울을 보다가

오늘따라 어느 것 하나 마음에 들지 않는다.
행동과 말투, 고민 끝에 고른 옷차림까지도.

평생을 함께한 나도
이렇게 한순간에 미워질 때가 있는데
다른 사람이야 오죽할까.

그런 생각이 들자
조금씩 가라앉았다.
누군가를 향한 서운한 마음이.

관계의 법칙

단어에 예민한 나를 위해

너는 뾰족한 말을 다듬고

매사에 긍정적인 너를 위해

나는 걱정하는 버릇을 숨겨둔다.

전혀 다른 삶을 살아온 두 사람이

순탄한 관계를 유지하려면

서로가 좋아하는 것이 무엇인지 알아야 한다지만

그보다 더 중요한 건

서로가 싫어하는 일을 하지 않는 거니까.

말의 문턱

해야 했던 말은
매번 부족한 미완성이었고

하지 않았다면 좋았을 말은
지나친 완성작이었다.

말하지 않아도 알아주길 바라는 것들은
오늘도 말의 문턱을 서성인다.

The most important thing is to enjoy
your life to be happy. It's all that matters

언제 한번

언제 한번 보자는 말에

언제가 좋을지 되물어오면

나도 모르게 안도의 숨을 내쉬게 된다.

누구도 그 말을 건네지 않았더라면

언제일지 모를 한번이

구체적인 한 번이 되기까지

얼마의 시간이 필요했을까.

그렇게 우린

그 찰나의 순간으로 인해

더 멀어지거나 다시 가까워진다.

본래 모습

첫인사를 나누는 자리.

명함에 적힌 몇 줄보다

식당 직원에게 건네는 몇 마디가

그에 대해 더 많은 것을 알려주는 듯했다.

누군가가 궁금해지기 시작할 때

유심히 보아야 할 것은 아마도 이런 것들.

혼자여야 하는 날

내 것 같지 않은 기분이
내 의지만으로는 가지런해지지 않을 때

누군가에게로 향하고 싶은 발걸음을
어르고 달래 집으로 향한다.
떠오르는 얼굴이 있지만 서둘러 지워 버린다.

내 마음 하나 정도는 헤아릴 수 있을 때
그래서 나 자신과 좋은 관계를 유지할 수 있을 때
비로소 모든 관계도 삐걱거리지 않는다는 걸
이제는 알게 된 까닭에.

견뎌낸 시간

상대방을 위로하는 데 능숙한 사람은
스스로의 마음 또한 잘 다스리는데
아끼는 사람의 그런 모습을 볼 때마다
괜스레 내 마음이 쓰리다.

저리도 무던해지기까지
얼마의 시간을 견뎌야 했을까.
그의 지난 시간을 짐작해보게 되는 것이다.

때때로
너무 능숙하거나 너무 어른스러운 모습은
보는 사람의 마음을 아프게 한다.

시간 관리

세월아 네월아 시간을 함부로 쓰는 사람은
곁에 있는 이들의 시간도 가볍게 여겼다.

내 삶을 소중히 대해 줄 사람은 결국
자신의 삶부터 아낄 줄 아는 사람이었다.

인생 선배

나보다 생을 먼저 살아온 이들을
오롯이 이해하게 되는 순간은
그들과 같은 나이가 되어보고서야 찾아온다.

한없이 어른스러워 보였던 그들도
저마다 삶의 무게에 휘청거리고 있었다는 걸
그들의 나이가 되어 그때의 심정을 헤아려본다.

너만 그런 거 아니라고, 분명 좋은 날이 올 거라고
나를 따뜻하게 위로하던 말들도
실은 자신이 가장 듣고 싶은 말이었는지도 모르겠다.

기억의 간극

처음 가는 동네. 처음 찾은 식당.

주방에 앉아 있던 남자가 다가와

그동안 잘 지냈냐며 반갑게 인사를 건넨다.

나는 처음 온 거라고 했지만

그는 기억력으로 먹고사는 사람이라며

겪은 적 없는 일을 술술 내뱉었다.

확신에 찬 목소리에 지난 기억들을 꺼내보다가

새삼 다른 이들과의 추억을 떠올리며 생각했다.

그때 그 사람과 보낸 그 날도

실은 나만 그렇게 기억하는 건 아닐까.

어쩌면 우리는 같은 날을 보내고도

전혀 다른 추억을 떠올리며 사는 건 아닐까.

떠나야 할 때

저렇게 살고 싶다는 생각보다

저렇게 살고 싶지 않다는 생각이 드는 사람.

그런 사람이 주변에 많아졌다면

그 집단을 떠나야 할 때라는 증거.

인연의 끝

전화가 뜸해지고

문자가 뜸해지고

이내 약속이 없는 날에도

더는 그 사람의 얼굴이 떠오르지 않을 때.

인연의 끝은 바로 그 지점이 아닐까.

바쁘다는 핑계로

우리는 서로에게서 점점 멀어졌다.

돌이켜보면 모두

순식간에 일어난 일이 아니었다.

다른 위로

나를 견디게 한 건

조금만 참으라는 말보다

참지 않아도 된다는 말이었고

나를 낫게 한 건

괜찮아질 거라는 말보다

괜찮지 않은 게 당연하다는 말이었다.

관계

어떻게 해도 가까워지지 않는 관계는
나에게서 오해할 거리를 찾고

어떻게 하지 않아도 가까워지는 관계는
나에게서 이해할 거리를 찾는다.

나는 자연스럽게 가까워진다는 말을
더는 믿지 않는다.

다만 어느 한쪽이 혹은 양쪽 모두가
애정을 갖고 다가갔기 때문이라고 믿는다.

미워하지 못한 이유

지금껏 누군가를 실컷 미워한 적 없다는 사실을
내심 스스로가 그렇게까지 나쁜 사람은 아니라는
하나의 증거처럼 여겨왔는데

실은 두려웠다.
그를 미워함으로써
나도 미움받을지도 모른다는 사실이.

미워할 수 없었던 게 아니라
누구에게도 미움받고 싶지 않은
모두, 연약한 내 마음 때문이었다.

오르락내리락

휘청이는 마음을

억지로 붙들고 있느라 진이 빠진 날.

평생을 겪어온 내 기분 하나도 어쩌지 못하는데

하물며 순간만 겪어봤을 상대방의 감정은

어찌 헤아릴 수 있을까.

이상한 마음

대화를 나누는 내내
웃기만 하던 옆자리의 남자가
저녁 챙겨 먹었냐는 아내의 전화에
버럭 짜증을 낸다.

일 분이 채 안 되는 짧은 통화가 끝나자마자
건너편에 앉은 사람에게
말을 끊어 미안하다며 사과를 건넨다.
구겨졌던 표정은 금세 처음으로 돌아간다.

참 이상하지.
다정함이 계속되면 고마움을 잊게 되는 마음.
정말 미안한 대상에게는
미안하다고 말하길 주저하는 그 이상한 마음 말이야.

기본기

불편한 사람과 마주 앉아 밥을 먹으면
그날 저녁엔 꼭 체한 배를 달래야 했고
마음이 정리되지 않은 채 잠을 청하면
다음 날 아침엔 꼭 물먹은 듯
무거운 몸을 이끌고 나와야 했다.

별것 아닌 것 같지만 쌓이면 별것이 되는 게
바로 먹고 자는 일이라 했지.

조금 유난스럽더라도
불편한 사람과는 식사 자리를 만들지 않고
꼭 어두운 마음이 가신 후에 잠자리에 든다.

잘 먹고 잘 자는 것만으로도
세상은 꽤 달라 보이니
몸의 기본기를 다지는 일만큼은
게을리하지 않으려 한다.

유종의 미

조직을 떠나게 될 때마다
어디선가 다시 만날지도 모르니
마무리를 잘해야 한다는 말이
나를 씁쓸하게 했다.

다시 만나지 못할지도 모르니
마무리를 잘해야 한다는 말은
누구도 해준 적이 없었다.

다시 만날 사이가 아니라면
마무리는 중요하지 않은 걸까.

떨어져야만 좋은 사이

모든 게 피곤하게 느껴지는 날은
그다지 좋지 않은 시력이
도리어 고맙게 느껴진다.

도로를 가득 메워
답답하게 느껴졌을 자동차 불빛도
야근하는 사람들이 만든 빌딩의 불빛도
그저 알록달록 아름답게 보일 뿐이다.

가까이 있을 때보다
약간 떨어져 있을 때 더 좋은
몇몇 관계처럼.

겪어봐서 아는데

비슷한 상처를 갖고 있다는 이유로
다른 사람의 상처를 별것 아닌 것으로
쉽게 치부해버리는 이들이 있다.

호된 일을 겪어봤다고 해서
새로운 상처에 무뎌지는 게 아니듯이
같은 일을 겪었다고 해서
똑같은 상처로 남는 게 아니듯이

저마다의 상처는
저마다의 아픔을 안고 있음에도

자신의 상처를 위로의 무기로 삼다가
더 큰 상처를 주고 만다.

추억의 맛

그 국밥 집도

그 칼국수 집도

그 수육 집도

내 입맛에 딱히 맞지 않음에도

자꾸만 발길이 향했는데

그 이유를 한참 지나고 알았다.

그런 가게들은

좋아하는 누군가가 자주 찾는 가게이거나

더는 볼 수 없는 누군가가 좋아했던 가게,

그렇게라도 다시 떠올리고 싶은

내 사람들의 가게였다.

퇴근길

새로운 곳에 가면
모든 게 달라질 수 있을까.

마음에 들지 않던 어느 날의 내가,
이해할 수 없던 어느 날의 사람들이
새로운 곳에 가면 조금은 다르게 여겨질까.

결국, 달라져야 할 것은 나라는 결론은
아무래도 달라지지 않았다.

마음의 반대

들켰으면 하는 감정은
끝끝내 나만의 것으로 남고

숨기려 애쓴 감정은
기어이 들키고야 만다.

마음처럼 되었으면 하는 것들이
가장 마음대로 되어주지 않는다.

이달의 검색어

내가 주기적으로 글을 쓰는 블로그엔
사람들이 어떤 검색어를 통해
내 글을 찾게 되었는지
확인할 수 있는 기능이 있다.

이번 달에 가장 많았던 검색어는
'보고 싶을 때'와 '상처 받지 않는 법'.

누구나 가져본 적 있을
그때의 마음이 떠오르자
어느새 내 가슴도 먹먹해졌다.

강한 사람

과거에는 어떤 경우에도
감정을 드러내지 않는 사람이
강한 사람이라고 믿어왔다.

상황에 흔들리는 법이 없는
일관된 사람을 볼 때마다
그게 그렇게 부러울 수 없었는데

요즘은
아닐 때 아니라고 말하는 사람이,
싫을 때 싫다고 말하는 사람이
누구보다 단단해 보인다.

그런 사람들은
뒤돌아보는 일 없이
금세 툭툭 털고 일어선다.

사과

받아들일 준비가 되어 있지 않은 사람을 붙들고

불편한 마음을 털어내자고 무작정 사과하는 것도

또 한 번 사과해야 할 일.

명쾌한 답

- 그 사람, 너한테 중요한 사람이야?

- 전혀.

- 그런 사람이 한 말을 뭘 그렇게 정성껏 생각해.
좋아하는 사람이 한 말을 담아두기에도 부족하잖아.
그러지 말고 네가 좋아하는 거 먹으러 가자.

애틋한 기억

십 년 넘게 살던 동네를 지날 때마다
매일 함께 등교하던 친구의 아파트를 올려다본다.

그때처럼 환하게 불이 켜져 있는 창문을 보면
여전히 그림 그리는 걸 좋아하는지
따스한 밥상을 차려주시던 부모님은 잘 계시는지
요즘 좋아하는 사람은 생겼는지 궁금해지다가

누구도 애써 찾지 않는다면
평생 그 대답을 들을 수 없다는 사실이 서글펐다.

매일의 안부를 묻고 지내는 지금의 사람들도
언젠가는 이런 관계가 될 수 있다는 사실이
도무지 믿기지 않는다.

앞선 걱정

새로운 일을 맡게 되었다며
걱정스러워하던 친구에게
묵묵히 앉아 있던 또 다른 친구는
'처음인데 실수 좀 하면 어때'라고 했고

갑작스레 소나기가 쏟아진 날
우산이 없어 전전긍긍하던 내게 후배는
'비 좀 맞으면 어때요'라고 했다.

세상엔 참 그래도 괜찮은 일이 많은데
미리 걱정하지 않고서는 안심하지 못하는 우린
언제쯤이면 그때그때에 집중하며 살아볼 수 있을까.

전하지 못한 말

내 입으로 한 말인데도
전혀 기억나지 않는 말이 있지만

끝내 하지 못한 말인데도
내내 기억나는 말도 있다.

실은 그 말이
정말 하고 싶은 말이었을 텐데.

착하다

착하다는 말은,

어찌보면
쥐고 흔들어도 될 만큼
쉽고 만만하다는 의미.

과거에는 좋았던 이 말이
더는 반갑지 않다.

작별

한 페이지를 꽉 채운 편지를 쓰는 일

그 사람이 좋아할 선물을 정성껏 고르는 일

잘 될 거야, 라며 한번 꼭 안아주는 일

작별을 고하는 순간이 되어야만 일어나는 일.

마음의 자리

생각해보니
불행은 늘 거기서 시작되었다.

나와 잘 맞는 사람보다
나와 잘 맞지 않는 사람을
애써 마음에 담아보려 했던 것.

억지로 맞춘 마음은
언제든 다시 틀어질 수 있음을
모르는 것도 아니면서

나는 너무 많은 마음의 자리를
불필요한 사람에게 내어주었다.

울진 바다

겨울이 찾아온 울진은
상상한 것보다 훨씬 더 근사했다.

겨울 바다를
그다지 좋아하지 않는 나도
꼭 다시 와야겠다는 다짐을 했다.

그리고 돌아오는 길에 깨달았다.

그때 그 사람이 좋아지지 않던 이유도
실은 그의 반짝임을 발견할 만큼
가까이 들여다보지 않아서였다는 걸.